BOULOGNE

ULM

AUSTERLITZ

RÉCIT POÉTIQUE, HISTORIQUE

PAR

Le Général Comte Jules PAULIN

1853

DISTRIBUTION

DES

CROIX DE LA LÉGION D'HONNEUR

AU CAMP DE BOULOGNE

16 août 1804

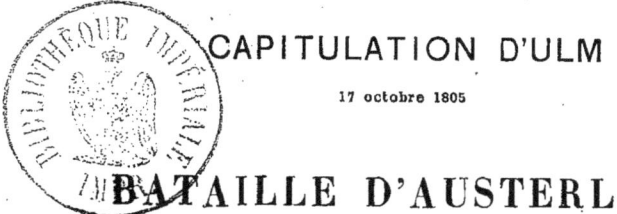

CAPITULATION D'ULM

17 octobre 1805

BATAILLE D'AUSTERLITZ

2 décembre 1805

RÉCIT POÉTIQUE, HISTORIQUE

PAR

Le Général Comte Jules PAULIN

1853

———✦———

DIJON

IMPRIMERIE ET LITHOGRAPHIE EUGÈNE JOBARD

4, rue Docteur-Maret, 4

MEIS,

AMICIS,

Qui adfui, veteranus Miles.

BOULOGNE

Héroïques débris qu'honore ma mémoire,
Laissez-moi, dans ces vers, raconter votre histoire.
Je m'en souviens toujours. Des temps que je décris
Rien n'altéra jamais les souvenirs chéris,
Car c'est au champ d'honneur qu'alors furent gravées.
Dans mon cœur jeune encor les plus nobles pensées,
L'amour de la patrie et le courage ardent
Des soldats de l'Empire. Et depuis, cependant,
Cinquante ans ont déjà passé sur la journée
De Boulogne où César, la tête couronnée,
Décorait ses soldats du signe de l'honneur
Aux cris retentissants de Vive l'Empereur !

Où tous, impatients d'aborder au rivage
Où domine l'inique et moderne Carthage,
De franchir le détroit appelaient le signal,
Pour attaquer au cœur l'ennemi déloyal.

Qui, plus que l'Angleterre, a faussé sa parole ?
Pour s'emparer de Malte, elle ment, elle immole
La paix d'Amiens jurée, et va, sans coup férir,
Surprendre les vaisseaux qu'elle veut nous ravir.
Mais la France fera bientôt prompte justice ;
Londres sera punie et, de son artifice,
Il ne lui restera que honte et déshonneur
Par notre fer inscrits sur son front imposteur.
L'armée hanovrienne en désordre, éperdue,
N'ose pas se défendre et s'est déjà rendue ;
Et le duc de Cambridge, en traversant les mers,
Va dire à la Tamise un si honteux revers.

C'était le seize d'août : selon l'antique usage,
Un tertre de gazon, qui domine la plage,
Entouré d'étendards, surmontés d'aigles d'or,
Rappelait nos combats du Rhin au mont Thabor.

Sous nos triples couleurs, qui flottent radieuses
Dans un limpide azur, pendent silencieuses
Les dépouilles des Beys, les flèches, les turbans
Pris sur les bords du Nil aux guerriers ottomans ;
Les armures en pied, les dards, le cimeterre
Des vieux ducs de Hanovre et princes d'Angleterre [1]
Chassés du continent, dans l'orage emportés,
Pour punir Georges III, contempteur des traités.

Mais le peuple, déjà, des campagnes voisines
Inonde de ses flots le sommet des collines
Qui dominent Boulogne : il veut fêter ce jour,
Pénétré de respect, de tendresse et d'amour.
Eole ordonne aux Vents de reployer leurs ailes ;
L'atmosphère sourit au vol des hirondelles ;
Pour la solennité tout est calme et serein ;
Les canons même ont clos leurs cent bouches d'airain.
Dans ce champ glorieux, les arts et la victoire,
Des faits de nos héros retracent la mémoire.
L'Orient, l'Italie, au rocher d'Albion
Transmettent les accents de cette ovation.
Sur le lieu de la fête, une dune elliptique
S'étageait en gradins, comme un théâtre antique.

(1) Historique.

La nature semblait, en vieux soldat romain,
Pour le nouveau César l'élever de sa main.
Un ciel pur éclairait cette imposante scène.
Jamais plus de grandeur ; jamais plus belle arène
Ne vit pour spectateurs cent mille combattants
S'y pressant tous joyeux, tous de fer éclatants.

Mais le bronze a tonné du haut de la falaise
En faisant tressaillir la blanche rive anglaise.
Les flots de l'Océan, la voix de cent canons[1],
De deux mille tambours, qui confondent leurs sons
Avec les chants guerriers, la glacent d'épouvante.
Il n'est point de péril que sa terreur n'enfante
Lorsque Napoléon arrive dans son camp,
Dominant l'univers, se place au premier rang.
Pour siége, le héros que la France couronne
Ressuscite à nos yeux de Dagobert le trône [2].
Tous les grands souvenirs des temps anciens revivent.
La bannière sacrée et l'oriflamme arrivent[3]
Se mêlant à notre aigle avec leur fer de lance ;
Mais sous tous ces drapeaux on voit toujours la France

(1) Historique.
(2) Historique.
(3) Historique.

Valeureuse à Fleurus, terrible à Fontenoi,
Toujours chevaleresque à Pavie, à Rocroi,
Fidèle au souverain triomphant à Bouvine,
Et guerrière pieuse aux champs de Palestine.
C'est toujours le sang franc, et romain, et gaulois
Du Normand qui vainquit l'Angleterre autrefois ;
Ce sont les grands guerriers d'Egypte et d'Italie
Enflammés par l'honneur, guidés par le génie.
Les armures des Preux sortent de leurs tombeaux
Pour sourire aux lauriers de leurs jeunes rivaux :
Leurs noms sont honorés, et notre fière armée
Après des siècles veut grandir leur renommée.

Casque de Duguesclin, bouclier de Bayard,[1]
Fer des Morts rajeuni, vous portiez à César
Ces étoiles d'honneur, magnifiques insignes
Qui vont nous révéler les soldats les plus dignes.
Lors, m'inclinant vers vous, enivré de bonheur
Je baisais le pavois du Chevalier sans peur,
Je touchais le cimier du héros de Bretagne
Dont l'austère vertu fut toujours la compagne.
Emouvant appareil, grandiose tableau !
Tout se réunissait près de notre drapeau

(1) Historique.

Pour embellir encor cette fête guerrière,
De nos prochains exploits brillante devancière.
Par un commun accord, pour un si noble but,
L'Océan de ses eaux paye aussi le tribut ;
Et s'élançant du Hâvre en courageuse fille,
Apparaît vers Alpreck, [1] l'innombrable flottille [2]
Qui doit nous transporter aux rives d'Albion
Pleines déjà de crainte et de confusion.
L'espérance est partout ; ô mouvement sublime,
De tous ces bataillons qu'un seul désir anime !
Plus d'obstacle pour eux... ils vont franchir la mer.

Mais d'autres sentiments vont encore enflammer
Tant de cœurs généreux. La puissante parole
Du grand Napoléon, de l'un à l'autre pôle
Remuant l'univers, fixe l'attention.
Français, que j'ai nommés la grande nation,
Recevez, leur dit-il, pour prix de vos services,
Pour tant de sang versé, pour tant de sacrifices
Cet emblème éclatant de toutes les vertus,
Dont je veux que les traits ne soient jamais perdus !

(1) Cap à une lieue à l'ouest de Boulogne.
(2) Historique.

..... Et la main du héros décore la poitrine
De tous ces vétérans ; leur noble front s'incline,
Leur courage grandit ; sous chaque croix d'honneur
L'orgueil et le plaisir font palpiter un cœur !

Tout un peuple, dès lors, joint sa voix formidable
Au signal que reçoit cette armée indomptable
De franchir le Détroit. Notre rive a marché,
Et du bord ennemi son bord s'est rapproché
Pour nous laisser passer, en supprimant l'espace
Qui sépare Albion du bras qui la menace.
Il n'est, pour l'éviter, de moyen odieux
Que n'accepte lord Pitt, barbare et furieux.
Pour brûler nos vaisseaux il met tout en usage [1] ;
Projets extravagants de colère sauvage,
Attentats monstrueux de forbans déhontés
Qui, tournant à sa perte aussitôt qu'inventés,
Impriment à son front l'indélébile tache
D'une déloyauté cruelle, ardente et lâche.

_____

(1) Historique.

Partez, marins français, rejetez dans les flots
L'Anglais incendiaire armé de ses brûlots.
Vengez-vous de ce traître et perfide insulaire
Qui sourdement ourdit tous les maux de la guerre.
Punissez le fauteur du plus grand des forfaits,
Car sa main homicide ensanglanta la paix.
Que ce pilote habile à créer la tempête
Soit frappé par la foudre éclatant sur sa tête ;
Que l'onde qui mugit, se brisant sur nos bords,
L'engloutisse rempli de honte et de remords ;
Et, reculant d'effroi, que son écume amère
N'apporte qu'un cadavre aux rives d'Angleterre.

Cependant tout est prêt, nos soldats sont à bord
Demandant à grands cris à s'élancer du port.
La fortune et la gloire amantes du génie
Assurent à la flotte une route aplanie
Pour franchir l'Océan qui, toujours furieux,
S'apaise en ce moment sous nos soldats joyeux ;
Et chacun se prépare à montrer sa vaillance
Dans le duel à mort d'Angleterre et de France.

Rien plus ne nous retient, nous sommes réunis ;
Les vaisseaux hollandais aux nôtres sont unis [1]
Dans une égale ardeur, près du normand rivage,
Pour descendre à la fois sur l'anglicane plage.
Les vents vont nous porter sur le flot azuré
Et permettre à la France un triomphe assuré,
Qui fera raconter au burin de l'histoire
Que nul combat jamais n'est contraire à sa gloire.

Mais en offrant son or, la prudente Albion
Arme d'un fer nouveau la coalition.
Avare de son sang, sur la terre étrangère
Elle va soudoyer les horreurs de la guerre ;
Et pour rester tyran et maîtresse des mers
Elle paye à l'Autriche un éclatant revers.
Elle appelle le Russe, elle appelle le monde,
Pour demeurer paisible au milieu de son onde.
Dans sa crainte elle voit auprès de ses foyers
S'asseoir, le fer en main, un peuple de guerriers,
Implacable vainqueur, ennemi sacrilége,
S'il parvient à franchir la mer qui la protége :
Car, pour elle, danger n'avait été plus grand
Depuis que l'asservit le conquérant normand.

(1) Historique.

En vain l'Autriche essaie à cacher son parjure [1] ;
Bonaparte est instruit et dévore l'injure.
Mais s'il doit renoncer à punir Albion
Pour détruire du Nord la conjuration,
Puissants seront ses coups, car ses armes sont prêtes ;
Elle sera brisée au milieu des tempêtes,
Et, sans oser braver le feu de ses regards,
Devant l'aigle française ouvrira ses remparts.

Après tant de travaux il faut quitter la plage
D'où nous faisions trembler lord Pitt sur son rivage.
Les nuages formés, les présages de mort
Grandissent, troublent l'air, et prenant leur essor
Eclatent en un jour sur la France indignée
De voir la sainteté des traités dédaignée
Au moment solennel où nous allions frapper
L'Anglais qui, pour de l'or, vient de nous échapper.
Le dol est consommé, l'Autriche à l'improviste
Envahit la Bavière où rien ne lui résiste.
Fière de ce succès, elle marche à grands cris,
Et ne s'arrêtera, dit-elle, qu'à Paris.

(1) Historique.

Son silence est rompu, son intrigue est ourdie ;
Et de la mer Baltique au fond de l'Italie,
Russes et Suédois, Esclavons, Autrichiens,
Hongrois, Napolitains, Croates, Tyroliens,
Ne dissimulent plus leur fureur ni leur rage ;
Du sang, des cris de mort, tel est leur seul langage.
Tous ont levé le masque, ils ont jeté le gant.

Napoléon, soudain, des bords de l'Océan
Va, prompt comme l'éclair, faire éclater la foudre
Sur les coalisés ; en quinze jours dissoudre,
Tuer ou disperser d'injustes agresseurs
Dirigés contre lui par leurs deux empereurs,
Qui, tout remplis de haine, en leur folle jactance
Prétendaient insulter les frontières de France
Et nous vaincre à l'abri du serment violé.

ULM

—

Déjà sur le Danube Ulm a capitulé ;
Le juste châtiment ne s'est pas fait attendre ;
Trente mille Autrichiens n'ont osé s'y défendre [1] :
Les fastes des guerriers n'ont jamais présenté
Un si grand résultat et si peu contesté.
Pour remplir de son nom les pages de l'histoire,
Sans combat le héros nous donne la victoire ;
Et, vainqueur, fait à Mack le plus sanglant affront,
Car sans tirer l'épée il outrage son front.

(1) Historique.

3

Dessein habile ! Mack et son armée entière
Esclave du génie, avec lui prisonnière,
Confus, humiliés, baissent les pont-levis
Et vont se désarmer au-delà des glacis.
L'archiduc Ferdinand, sans talent, sans audace
Et ne sachant mourir, s'échappe de la place ; [1]
Il fuit honteusement, protégé par la nuit,
Et loin des remparts d'Ulm la terreur le conduit.
O victoire inouïe, à jamais sans seconde !
La phalange française est la première au monde ;
Elle a surpassé tout ce que l'antiquité
Offrit comme modèle en courage, en fierté :
Tant, sous Napoléon, l'amour de la patrie
Du chef, jusqu'au soldat, fut de l'idolâtrie !
De la victoire d'Ulm gardez le souvenir
Poètes et guerriers ! pour un long avenir
Racontez sa splendeur, et que la renommée
Proclame les hauts faits de notre grande armée.

(1) Historique.

AUSTERLITZ

—

La Vengeance pourtant se promène à grands pas
Des rives du Danube à Vienne, où nos soldats
Se lassent de frapper des masses en déroute
Qui, pleines de terreur, ne suivent d'autre route
Que celle de la fuite et nous tournent le dos.
Napoléon l'a dit ; nous n'aurons de repos
Qu'après avoir dressé nos pavillons dans Vienne.[1]
Voyez à l'horizon les tours de Saint-Etienne ; [2]
Sur elles va voler l'aigle exterminateur
Des traîtres acharnés contre votre Empereur

(1) Historique.
(2) Historique.

Qui, malgré leurs efforts, releva la puissance
Et l'honneur compromis de l'héroïque France ;
Et, vainqueur généreux, conserva tant de fois
Les diadèmes d'or sur la tête des rois.
Montrez au monde entier témoin de leurs injures
Comment vous punissez vos ennemis parjures.
S'ils osent affronter encor vos bataillons,
Que des champs du Morave ils comblent les sillons ;
Vengeons nos frères morts et que les pâles ombres
De ces mâles guerriers, de leurs retraites sombres,
Du fond de leurs tombeaux sortent pour assister
Aux grands coups des héros qui vont les imiter.
Intrépides soldats ! une journée encore !
Une marche suffit, et demain, à l'aurore,
L'Autriche aura vécu ! vos pieds auront foulé
Du monarque agresseur le palais désolé !
Le faible François II perdant sa monarchie
Pour prix de son astuce et de sa perfidie,
Fuira sa capitale, entraînant après soi
Son mensonge honteux, ses regrets, son effroi,
Pour aller implorer, au milieu du naufrage,
Le Scythe enorgueilli de sa valeur sauvage.
Mais ce rival obscur, imprudent et hautain,
Tombera sous vos coups, car tel est son destin.

Un jeune favori du monarque Alexandre [1],
Nous croit déjà vaincus, et me somme de rendre,
Au nom de l'Angleterre et de son souverain,
Les plaines de Belgique avec les bords du Rhin ;
La couronne de fer de cette Lombardie
Témoin de vos exploits dans la belle Italie
Que l'Autriche cinq fois couvrit de ses débris,
De ses bataillons morts, ou dispersés, ou pris.
Qu'il parcoure vos rangs, qu'il rapporte à son maître
Ce prince courtisan, qui presque vient de naître,
Qu'il n'a vu que des fronts de guerriers rayonnants
Et de gloire et d'honneur depuis près de quinze ans.

Le Russe à l'Autrichien uni par l'Angleterre
Vient pour le venger d'Ulm !!! Le châtiment sévère
Que reçut Mack dans Ulm se renouvellera.
Vous briserez le Russe..... il capitulera !
Aux plaines d'Austerlitz il plante sa bannière ;
C'est là que périra sa folle armée entière !
Mais pénétrons dans Vienne ; une halte, soldats :
Et, certain du succès, avec vous je combats

[1] Historique. Le prince Dolgourouki.

Ces Russes dont l'audace ignorante et brutale
Attend une leçon qui n'eut jamais d'égale.
Ils avancent sur nous fiers et présomptueux ;
Ils vont à la victoire..... et c'est la mort pour eux !
Soldats, tous vos périls vont être mon partage ; [1]
Je serai près de vous au plus fort de l'orage ;
Vous suivrez mon coursier, vous entendrez ma voix
Qui livra l'ennemi dans vos mains tant de fois.
Le trône des Français, la pourpre impériale
N'affaibliront jamais mon ardeur martiale
Pour punir les fauteurs des coalitions
Qui depuis trop longtemps troublent les nations.
L'Autrichien est défait ; déjà le Russe tremble :
Les voilà réunis ; nous les vaincrons ensemble.
Leur manœuvre les perd ; j'en donne ici ma foi ;
Avant demain au soir cette armée est à moi : [2]
Et pour mériter plus cette victoire insigne,
Au milieu de vos rangs je veux m'en rendre digne.
Mais non, il me suffit d'exciter votre ardeur
Et de guider vos pas au chemin de l'honneur.
Il dit.... et son armée a compris son langage.
Tous ces hommes de fer vont lui donner le gage

(1) Historique.
(2) Historique.

De leur fidélité, du plus sublime amour,
En écrasant le Russe en décembre, le jour
Du grand anniversaire où la reconnaissance
Fit briller sur son front la couronne de France.
Effet prodigieux de ce grand souvenir !
Nul soldat n'a de crainte et ne songe à mourir.
S'il enflamme les cœurs, il brûle l'atmosphère ;
Car, à minuit, courant sur le front de bandière
Cent mille feux font voir l'Empereur radieux [1]
Qui traverse les rangs de ses soldats joyeux.
O parole touchante ! ô parole héroïque ! [2]
Sire, dit un soldat d'une voix *prophétique !*

« Non, tu n'auras jamais besoin de t'exposer ;

» Sur notre dévouement tu peux te reposer.

» De tes yeux seulement tu n'auras qu'à combattre ;

» Demain, aux premiers coups, tu nous verras abattre

» Le colosse Austro-Russe et fêter dignement

» Le jour qui fut celui de ton couronnement.

» Nos cruels ennemis n'ont plus qu'une journée :

» Demain s'accomplira leur triste destinée.

» Nous t'offrirons leur sang, leurs canons, leurs chevaux

» Et pour couche, au bivouac, un lit de leurs drapeaux. »

(1) Historique.
(2) Historique.

La Diane battait ; sur l'horizon humide .
Des brumes de la nuit apparaissait splendide
Le soleil, se levant [1] pour être spectateur
Des plus sanglants assauts qu'ait livrés la valeur.
Les Russes descendaient fièrement les collines ;
Leur sillon tortueux, perdu dans les ravines,
Bientôt se représente, échappe encor aux yeux,
Puis s'éclaire de l'astre élevé dans les cieux,
Et de ses longs replis inonde enfin la plaine.[2]
Soudain, ces premiers pas d'une attaque prochaine
Font frémir nos soldats et bouillonner leur sang ;
Ils rompent les faisceaux et chacun à son rang
Se dispose à combattre, attendant invincible
L'ordre de commencer le choc le plus terrible,
Et de n'arrêter plus son généreux élan.

Mais la trompette sonne et déjà l'ouragan
S'approche en mugissant. Les lueurs sépulcrales
Des canons foudroyants, le sifflement des balles
Epouvantent le ciel ; la terre est un volcan.
Les Russes, attaqués dans leur marche de flanc

(1) Historique.
(2) Historique.

Qui doit nous déborder et forcer notre droite,
Affrontent le danger. Audace maladroite ! [1]
Ils arrivent épars après un long circuit,
Et leur folle manœuvre à la mort les conduit,
Tant ils sont écrasés par nos feux de mitraille
Sans avoir pu former leur ligne de bataille.
Un instant, oubliant leur première terreur,
Ils font battre la charge...... impuissante fureur !
Leur masse tourbillonne, en désordre s'agite
Et ne voit son salut qu'en une prompte fuite.
Leur centre, en ce moment, d'outre en outre est percé ;
Alexandre interdit, de fuir aussi forcé,
Pleure sur la montagne, où son regard domine,
Ses bataillons rompus que la France extermine
Dans les champs, sur les lacs dont la glace se rompt
Et s'affaisse sous eux pour un trépas plus prompt. [2]
Tout succombe à la fois, et, de carnage lasse,
La mort se croit vaincue et nous cède la place ;
Car jamais, chez Pluton, les Déesses d'Enfer
Ne firent de victime autant que notre fer.
L'Austro-Russe dès lors est perdu sans ressource ;
L'audacieux Français renverse au pas de course

(1) Bulletin de la bataille.
(2) Historique.

Ces flots d'hommes armés, ces généraux troublés
Qui sous des coups mortels se trouvant accablés
Vont chercher leur refuge en de bas marécages
Où tout périt sur l'heure, hommes, canons, bagages.
Des escadrons entiers effrayés, éperdus,
Sur les digues pressés, sont aussitôt perdus.
C'est ainsi que le czar fait ses premières armes,
Et n'a sur ses soldats qu'à répandre des larmes.
Il ne savait donc pas que l'immortel laurier
Refuse ses rameaux à qui n'est pas guerrier.
Napoléon l'a dit, le soleil qu'on voit luire [1]
Enflammera nos cœurs pour vaincre et pour détruire
Des successeurs d'Ivan les soldats tant vantés.
Eh bien! sous nos regards ils fuient épouvantés;
La moscovite armée est morte ou dispersée
Et sa destruction dépasse la pensée.
Rien n'en reste d'humain; c'est l'aspect du chaos
Dans ces champs dévastés où vont blanchir ses os.
Les nobles chevaliers, ses lances les meilleures,
Ont cessé de combattre. Après moins de quatre heures,
Tout ce que n'atteint pas le fer de nos soldats,
Est noyé dans les lacs à la fin des combats. [2]

(1) Le soleil d'Austerlitz.
(2) Historique.

Les débris confondus des corps d'infanterie,
Et la garde du czar, cette troupe aguerrie,
Et tous les Autrichiens, dévorant leur souci,
Ont fléchi les genoux, ont demandé merci !
Deux princes ont subi le sort de leur armée ;
La route du salut leur est partout fermée.
Au milieu des fuyards, pensifs et consternés,
Par la cavalerie ils sont tous deux cernés [1].
Pourtant Napoléon, plus grand que sa victoire,
Se refuse d'en faire un trophée à sa gloire.
Dans sa puissante main chacun est prisonnier ;
Il peut venger l'affront du roi François Ier,
Mais il respecte trop leurs tristes destinées :
Il accorde passage aux têtes couronnées [2]
Qui plus tard, triomphant par la fatalité,
Lui ravirent son nom, son fils, sa liberté,
Et pour percer le cœur de ce nouvel Antée,
Le clouèrent vivant au roc de Prométhée !

Mais la voix *prophétique* à l'instant parle ainsi :
Ce que je t'ai promis, les drapeaux, les voici,

(1) Historique.
(2) Historique.

Ils sont tous à tes pieds. César, vois cette terre
Que recouvrent brisés ces instruments de guerre ;
Ces serfs qui se croyaient des géants de granit,
Et que ton bras vengeur, ce jour anéantit.
Vois tous ces étendards, ces canons de l'Autriche ;
De gloire, non, jamais tu ne fus aussi riche !
Que sur l'autel de Mars, nos immortels lauriers
Soient portés dans Paris par nos braves guerriers.

O vous champs émaillés, ciel bleu, terre chérie !
Accueillez ces enfants vengeurs de la patrie.
Bords riants de la Seine où coule un doux cristal,
Laissez fouler vos fleurs sous le pas triomphal
De vos fils valeureux entonnant l'hymne fière
Qui les fit accourir dans la noble carrière.
A leurs mâles accents mêlez vos chants d'amour
Et fêtez, réunis, leur gloire et leur retour.
O Dieu ! pourquoi faut-il que des sanglots funèbres
Attristent le concert d'actions si célèbres,
Et que tant de héros aux grands et nobles cœurs
Ne reviennent vers nous et vivants et vainqueurs !

Monuments de l'honneur, lauriers impérissables
Qui fûtes les témoins de faits incomparables,
Bannières des vaincus, légende des combats
Vous citerez les noms d'héroïques soldats.
Pour moi, dans mes vieux jours, quittant mon toit de chaume,
J'irai les contempler sur la place Vendôme ;
Et voyant sa spirale éle ver jusqu'aux cieux
Les travaux de nos temps dignes des demi-dieux,
J'en suivrai les contours pour lire notre histoire
Ecrite sur l'airain des mains de la victoire.

Le sang ne coule plus ; partout nos ennemis
Sont, sur le continent, terrassés ou soumis.
L'Autriche est écrasée et n'a plus d'espérance
Qu'en inclinant son front sous l'aigle de la France.
Vers ses climats glacés, le Russe humilié
Va tristement cacher loin de son allié
Dans les déserts du Pôle, en ses sombres retraites,
Son orgueil rabaissé sous le poids des défaites :
Car ce jour voit au front des fils de la Néva
Se flétrir les lauriers cueillis à Pultava.

Mais le czar, d'Austerlitz peut s'éloigner sans crainte ;
De toutes les grandeurs la victoire est empreinte.
Napoléon consul fut d'Alexandre ami ;
Napoléon vainqueur n'est plus son ennemi [1].
Et le vaincu, pliant sous la main qui le frappe,
Rejoindra ses Etats. Mais, d'étape en étape,
Tous les restes meurtris des Russes épuisés,
Sous les yeux des Français marcheront divisés.
Les hordes de l'Oural, race infecte d'esclaves
Qui vint un jour souiller les campagnes moraves,
Ne feront d'autres pas que ceux qu'auront permis
La gloire et le génie à d'obscurs ennemis
Rentrant dans leurs déserts sur les routes tracées
Par la pointe du fer qui les avaient percées.

Après de tels exploits, intrépides guerriers,
Laissez dormir ce fer ; comptez tous vos lauriers,
Les armes, les drapeaux conquis en Allemagne
Par le bras tout puissant du nouveau Charlemagne.
Honneur vous soit rendu ! que vos vaillantes mains
Laissent partir en paix Sarmates et Germains.

(1) Historique.

Reposez-vous, soldats ; pour vous, assez de gloire :
Triompher chaque jour fatiguait la victoire.
Soixante jours de lutte ont pleinement suffi
Pour venger les Français d'un insultant défi,
Et briser le faisceau des armes que naguère
Faisait forger contre eux l'implacable Angleterre.
Du grand Napoléon un succès éclatant
Vient d'illustrer encore son Empire naissant.
Les empereurs du Nord de leur vœu téméraire
N'auront de souvenir qu'une fatale guerre :
François II est vaincu pour la troisième fois,
Tombant de la hauteur de la chute des rois :
Pitt est confus ; il va, dissimulant sa rage,
Tramer d'autres complots sur sa perfide plage ;
Et le czar obéit à l'Homme du destin [(1)]
Qui dans les remparts d'Ulm a soumis le Germain.
Il pleure ses guerriers, ses plus nobles phalanges
Expirant sous le fer, se noyant dans les fanges :
Il compte les sillons de ses gardes remplis,
Et s'enfuit admirant le héros d'Austerlitz.

(1) Historique.

NOTA. — A Austerlitz, l'armée russe et l'armée autrichienne avaient en ligne 100,000 hommes.

L'armée française ne comptait que 70,000 hommes.

Le lieutenant général Comte Kutusow commandait en chef les armées combinées.

Le lieutenant général Prince de Lichtenstein commandait les troupes autrichiennes.

Pendant la bataille, l'Empereur Alexandre se tint presque toujours auprès du général Kutusow.

Imp. E. Jobard.

www.ingramcontent.com/pod-product-compliance
Lightning Source LLC
Chambersburg PA
CBHW060903180626
46818CB00004B/1830